To Elaine,

My dear friend from my 1st mural in Cambridge. You painted beautifully!

Love,

Daniel

It Doesn't Have To Be This Way

A Barrio Story

No tiene que ser así

Una historia del barrio

Story by / Escrito por
Luis J. Rodríguez

Illustrations by / Ilustrado por
Daniel Galvez

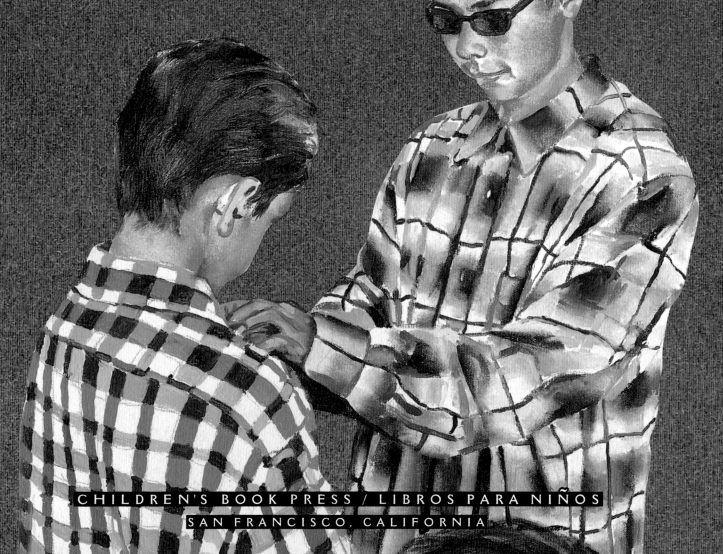

CHILDREN'S BOOK PRESS / LIBROS PARA NIÑOS
SAN FRANCISCO, CALIFORNIA

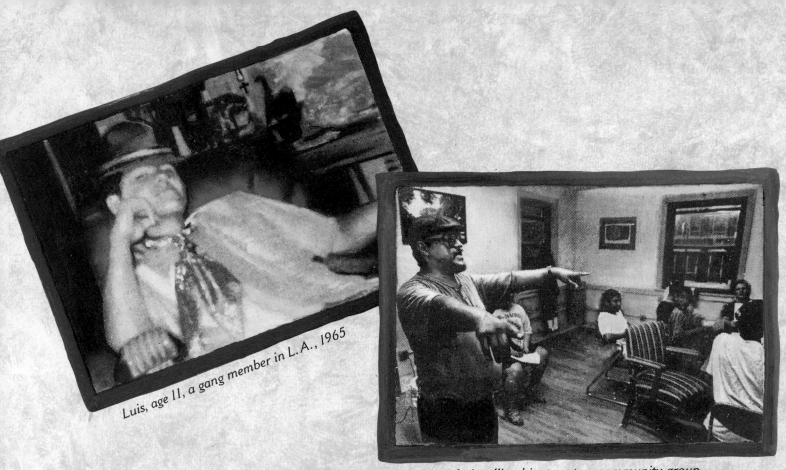

Luis, age 11, a gang member in L.A., 1965

Luis telling his story to a community group

Introducción

Estuve involucrado en las pandillas desde que tenía once años hasta que cumplí los dieciocho. Fue duro crecer en ese ambiente. Muchos de mis amigos de entonces ya están muertos; y yo tengo mucha suerte de estar vivo. Ahora dedico mucho tiempo a aconsejar a los muchachos que andan en pandillas. Quiero mostrar a los niños de hoy que no tienen que pasar por lo que mis amigos y yo pasamos. Por eso he escrito este libro.

Monchi, quien les relata la historia que sigue, es como muchos de los niños con quienes trabajo. También así son los miembros de las dos pandillas— Los Locos de Encanto y sus rivales, Los *Night Owls* de Soledad. Yo sé por qué los jóvenes se meten en pandillas: para ser parte de algo, sentirse aceptados y protegidos. Espero que podremos crear una comunidad que brinde estos anhelos y así los muchachos no tengan que sacrificar sus vidas para sentirse amados y valorados en este mundo.

—*Luis J. Rodríguez*

Luis autographing one of his books for a young fan

Luis with his wife, Trini, and their two sons, Rubén and Chito

Introduction

I was involved in gangs from the time I was eleven until I was eighteen. It was a hard way to grow up. Many of my friends from those years are dead, and I'm very lucky just to be alive. Today I spend a lot of time counseling young people in gangs. I want to show kids growing up now that they don't have to go through what my friends and I did. That's why I've written this book.

Monchi, who tells the story that follows, is like many kids I work with. So are the members of the two gangs—the Encanto Locos and their rivals, the Soledad Night Owls. I know why young people join gangs: to belong, to be cared for, and to be embraced. I hope we can create a community that fulfills these longings, so young people won't have to sacrifice their lives to be loved and valued in this world.

—*Luis J. Rodríguez*

A few months ago, I was walking home from school to the house where I live with my mom. Inside the houses, through open doors, I could see brightly painted walls with lots of pictures. From inside came music and the smells of dinners cooking. I could hear the traffic on the freeway too, and a tap-tapping sound far away.

I turned onto the street where Dreamer lives. She's my twelve-year-old cousin, two years older than I am. I saw it was Dreamer making the tapping noise, hammering a loose board on her porch. She saw me and stopped, and smiled and waved the hammer at me. "Hey, Monchi!" That's my nickname. My real name is Ramón.

Hace pocos meses, iba yo caminando de la escuela a la casa donde vivo con mi mamá. En el interior de las casas, por las puertas abiertas, podía ver las paredes con colores brillantes y muchas fotografías. Desde adentro salían la música y el olor a comida. Podía oír el tráfico en la autopista y un golpeteo que provenía de lejos.

Volteé la esquina de la calle donde vive Dreamer. Ella es mi prima de doce años, dos años mayor que yo. Vi que Dreamer era quien producía el golpeteo al clavar una tabla suelta del porche de su casa. Me vio y se detuvo, sonrió y agitó el martillo saludándome: "¡Eh, Monchi!" Ése es mi apodo. Mi verdadero nombre es Ramón.

waved back, but I tripped on a loose rock, which flew toward a couple of chickens in the road. They squawked and flapped their wings, and that made all the dogs bark. Dreamer giggled and pretended to hit her head with the hammer, meaning I was a blockhead! We both laughed.

Then I noticed this dude named Clever watching us from way down the street. He was one of the Encanto Locos' Pee Wees—the youngest members of the gang in our barrio. Clever was old enough to have a little mustache and tattoos. Once he got arrested. People were afraid of him.

Le devolví el saludo, pero tropecé con una piedra que salió disparada hacia unas gallinas que estaban en el camino. Éstas cacaraquearon y agitaron sus alas haciendo que los perros ladraran. Dreamer se rió e hizo como que se golpeaba la cabeza con el martillo dándome a entender que yo era medio tonto. Los dos nos reímos.

Entonces me di cuenta que un muchacho llamado Clever nos miraba desde el fondo de la calle. Él era uno de los *Pee Wees* de los Locos de Encanto—los miembros más chicos de la pandilla del barrio. Clever era lo suficiente grande para tener un bigotito ralo y hacerse tatuajes. Una vez fue arrestado. La gente le tenía miedo.

My uncle, Tío Rogelio, lives a couple of blocks past Dreamer's house. He's a good mechanic. People bring him their cars to fix, and they ask his advice about a lot of things. When I walked by his house, he was busy working on his old Ford. I called to him.

He looked up and smiled at me. "Hey, Monchi, give me that rag, would you?" I handed it to him. "Tell me one of your stories," he said.

While he worked, I told him about tripping and scaring the chickens, and Dreamer teasing me. It made him laugh.

Mi Tío Rogelio vive a dos cuadras de la casa de Dreamer. Él es un buen mecánico. La gente le lleva autos a reparar y también le piden consejos sobre muchas cosas. Cuando pasé por su casa vi que estaba ocupado trabajando en su viejo Ford. Le dije: "Tío".

Él me vio y sonrió. "Órale, Monchi, dame esa garra, ¿sí?" Yo se la di y él me dijo: "Cuéntame una de tus historias".

Y mientras él trabajaba le platiqué lo que me pasó cuando me tropecé y asusté a las gallinas y la broma que Dreamer me hizo. Él terminó riéndose.

On my way home, there is a big tree where I like to sit and read and write poetry. I stopped there for a while, leaning against the tree in the shade.

Suddenly, Clever was standing over me. I stared at a scar on his lower lip. "*Quiuvo?* What's up?" I asked. I tried to sound cool, but I was scared.

"It's about time you joined the Pee Wees," he said. I nodded. It seemed like the only thing I could do. I was glad he wanted to be friends and wasn't going to hurt me. But I knew the Pee Wees did things that got them into trouble. "First you have to prove yourself," Clever said.

Yendo hacia la casa hay un árbol grande donde me gusta sentarme a leer y escribir poesías. Me detuve un momento para recargarme en el árbol, bajo su sombra. De repente Clever estaba parado frente a mí. Le vi la cicatriz que tiene bajo sus labios. En seguida le pregunté: "¿Quiuvo? ¿Qué pasa?" tratando de mostrarme tranquilo aunque la verdad es que este vato me asustaba.

"Ya es tiempo de que te juntes con los *Pee Wees*", me dijo. Yo moví la cabeza indicando que sí. Parecía como si fuera lo único que yo podía hacer. Me daba gusto que él quisiera ser amigo y no le diera por golpearme. Aunque yo sabía bien que los *Pee Wees* hacían cosas que los metían en líos. "Antes que nada tienes que probarte", me dijo Clever.

Lo primero que me pidió hacer fue que me escurriera fuera de casa para mirar cómo iniciaban los de la pandilla a un vato que apodaban Payaso. Esa noche me escapé trepando por la ventana de mi cuarto. Si mi mamá lo supiera se habría enfurecido. Me reuní con los demás muchachos en un lote vacío. Había un letrero grande en la pared que decía "Locos de Encanto" con todos los nombres de sus miembros abajo. Cinco vatos golpearon al Payaso durante sesenta segundos— ¡un minuto entero! Yo quería cerrar los ojos porque me dolía ver eso. Luego de la golpiza todos estrecharon su mano y le hicieron su primer tatuaje, una cruz con una rosa que representa al barrio.

The first thing he asked me to do was to sneak out of the house to watch a dude nicknamed Payaso getting jumped in, which is how you join. That night, I climbed out of my bedroom window. My mom would have been real mad if she had found out. I hung out with the homeboys in a vacant lot. "Encanto Locos" was painted on the wall in big letters, with all the guys' names below. Five dudes beat on Payaso for sixty seconds—one whole minute! I wanted to close my eyes because it hurt just to watch. Then everybody shook his hand and he got his first tattoo, a cross with a rose that stands for the barrio.

Después de eso, Clever me enseñó un montón de cosas. Me mostró cómo usar pantalones almidonados y bombachos, a abotonar sólo los dos botones más altos de mis camisas de franela y a ponerme una banda en la cabeza. Logré que me respetaran en la escuela. Las muchachas platicaban conmigo y los miembros de la pandilla mayores que yo me daban el saludo de mano. Los chicos más jóvenes e incluso algunos maestros me veían con temor.

Un día mientras dos vatos me alertaban de los maestros, yo ponía mi "placa", mi nombre, en una pared de la escuela. Pero luego salió de no sé dónde la Sra. Huerta, mi maestra, y se paró a mirarme fijamente. Pensé que me regañaría, pero sólo me dijo con calma: "Mira, Ramón, eres muy listo. No finjas que no, porque te lo podrían creer".

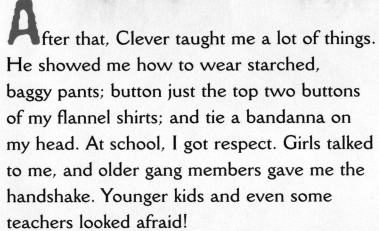

After that, Clever taught me a lot of things. He showed me how to wear starched, baggy pants; button just the top two buttons of my flannel shirts; and tie a bandanna on my head. At school, I got respect. Girls talked to me, and older gang members gave me the handshake. Younger kids and even some teachers looked afraid!

One day, two dudes watched for teachers while I put my *placa*, my name, on the school wall. But then out of nowhere, Ms. Huerta, my teacher, stood there looking straight at me. I thought she'd yell, but she said quietly, "Look, Ramón, you are real smart. Don't pretend you're not, or someone might believe you."

15

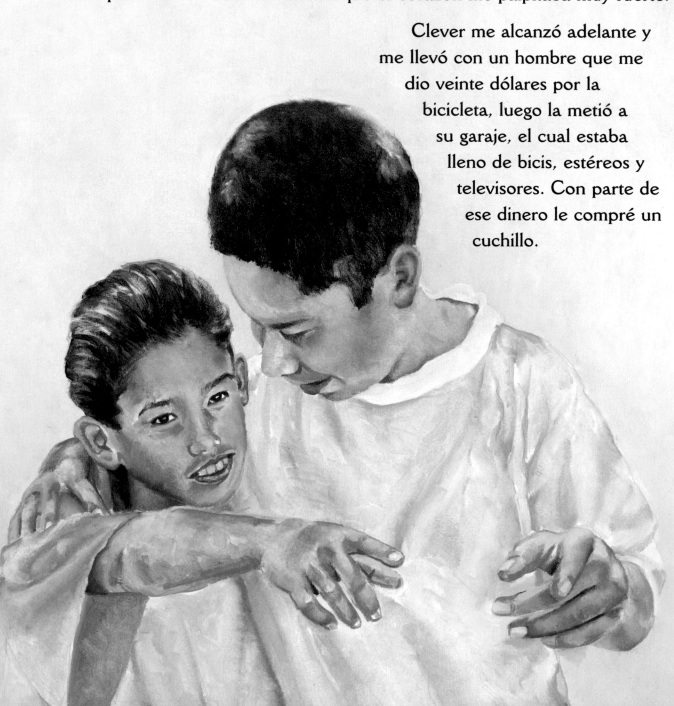

uando caminaba a casa al salir de la escuela, mi tío me gritó llamándome desde debajo de su carro. "¡Eh, Monchi, ven a platicar conmigo!"

Yo le contesté: "¡Ahorita estoy ocupado!" Iba a reunirme con Clever en la tienda de la esquina.

Clever sonriendo me indicó la bicicleta azul recargada en la pared: "¿Ves esa bici? Te la vas a robar". Yo rodé la bicicleta por la calle y luego me trepé en ella para huir velozmente. Sentía que el corazón me palpitaba muy fuerte.

Clever me alcanzó adelante y me llevó con un hombre que me dio veinte dólares por la bicicleta, luego la metió a su garaje, el cual estaba lleno de bicis, estéreos y televisores. Con parte de ese dinero le compré un cuchillo.

When I walked home after school, my uncle called from under his car, "Hey, Monchi, come talk to me!"

I yelled back, "I'm busy right now!" I was meeting Clever at the store around the corner.

"See that bike?" Clever grinned toward a blue bike leaning against the wall. "You're going to steal it." I walked the bike up the street, then rode it away fast. My heart was pounding hard. Clever caught up.

He took me to a man who gave us twenty bucks for it, then put it into his garage, which was filled with bikes and stereos and TVs. With some of the money, I bought a knife from him.

17

ás tarde en casa, Dreamer platicaba con mi mamá mientras ésta
hacía la cena. Acomodé mis libros de la escuela sobre la mesa y
empecé a leer pero me acordé del cuchillo en la bolsa de mi pantalón.
Lo saqué y le acaricié la parte afilada.

Dreamer se sentó junto a mí y me dijo en voz baja: "¿Nadie te ha
dicho que no juegues con cuchillos?" Yo lo escondí de inmediato.
"Monchi, yo antes andaba con Clever y sus amigos", me dijo: "Y no
me gustan algunas de las cosas que hacen".

En nuestro barrio todo se sabe. ¿Sabría Dreamer lo que pasó con la
bici y todo lo demás? "Pero, si yo voy a ser iniciado mañana por la
noche", le dije. Ella me miró preocupada.

ater at home, Dreamer talked to my mom while she made dinner. I spread my school books on the table and started to read, but I remembered the knife in my pocket. I took it out and touched its sharp blade.

Dreamer sat down next to me and whispered, "Didn't anybody tell you not to play with knives?" I put it away fast. "Monchi, I used to hang around with Clever and them guys," she said. "I don't like some of the things they do."

In our barrio, everyone heard about everything. Did Dreamer know about the bike and all that? "But I'm getting jumped in tomorrow night," I told her. She looked worried.

La noche siguiente me reuní con
Clever, Payaso y los demás en el lote de
la pared. No estaba seguro si quería estar
ahí, pero no sabía cómo evitar esto. De
repente, Dreamer apareció. "No hagas
esto Monchi", me rogó.

Clever intervino: "Órale pues, Dreamer,
¿estás hoy de niñera de tu primo?"

No nos dimos cuenta cuando un auto se
detuvo en la oscuridad con las luces apagadas.
Alguien en el carro gritó: "¡*Night Owls* de Soledad!"
Ellos son los enemigos principales de los Locos. Justo
cuando volteamos, empezaron a dispararnos. ¡Pum! ¡Pum! ¡Pum!

Me tiré al suelo y escuché el arrancón del carro.

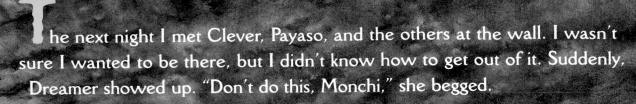

The next night I met Clever, Payaso, and the others at the wall. I wasn't sure I wanted to be there, but I didn't know how to get out of it. Suddenly, Dreamer showed up. "Don't do this, Monchi," she begged.

Clever cut in, "*Órale pues*, Dreamer, you babysittin' your *primo* now?"

We didn't notice a car pull up in the dark with its lights out. Someone in the car yelled, "Soledad Night Owls!" They are the main enemies of the Locos. Just as we turned, they shot at us. Boom! Boom! Boom!

I dropped to the ground and heard the car speed off.

I was okay. I lifted my head and looked around. Everyone was lying on the ground. Then one by one everyone stood up. Except Dreamer. She lay moaning in the dirt. I ran over to her. Her face looked strange, pale. There was so much blood.

Most of the guys ran off. I cried and prayed and talked to Dreamer, but I don't remember what I said. When she was quiet, I thought she might be dead. Clever stayed there too. He looked as scared as I was. We could hear sirens coming.

Yo estaba bien. Levanté la cabeza para mirar alrededor. Todos estaban tendidos en el suelo. Luego uno por uno todos empezaron a pararse. Excepto Dreamer. Ella yacía quejándose en el suelo. Corrí a su lado. Su cara se veía extraña y pálida. Había mucha sangre.

La mayoría de los muchachos salieron corriendo. Lloré, recé y le hablé a Dreamer, pero no recuerdo lo que le dije. Cuando se quedó quieta, pensé que había muerto. Clever estaba ahí también. Se veía tan asustado como yo. Pudimos oír las sirenas acercándose al lugar.

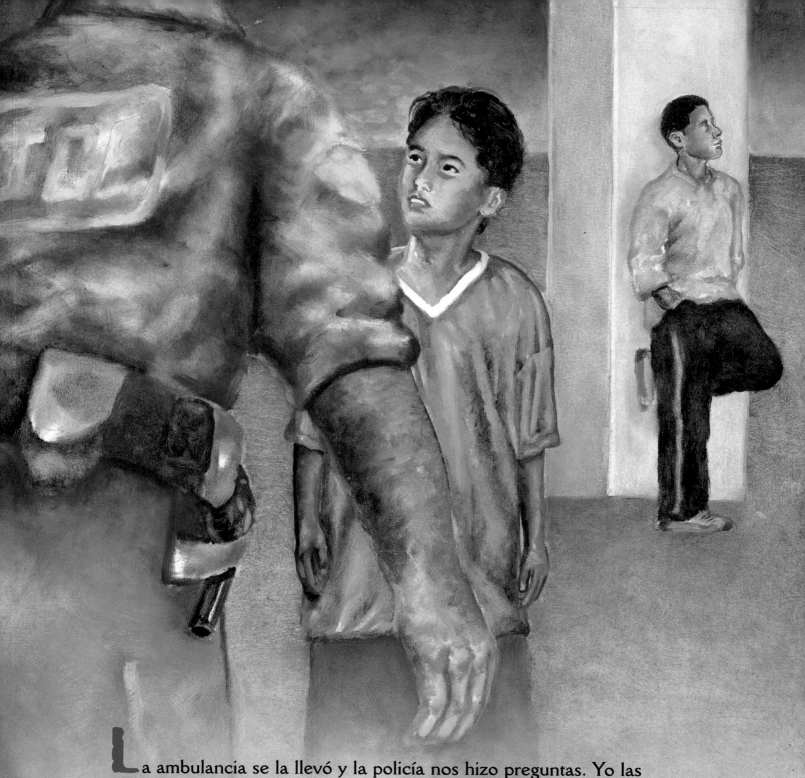

La ambulancia se la llevó y la policía nos hizo preguntas. Yo las contesté, pero Clever fingió no saber nada. Corrí a casa. Mi mamá y mi tío estaban por subir al auto para ir al hospital. Cuando llegamos, ya estaba la mamá de Dreamer en la sala de espera. Todos estabamos llorando. Tuvimos que esperar y esperar mientras los doctores atendían a Dreamer. Nunca supe que pudiera pasar algo como esto. Fue por mí causa que la hirieron. Ella sólo trataba de cuidarme.

The ambulance took her away, and the police asked us questions. I answered them, but Clever pretended not to know anything. I ran home. My mom and my uncle were just getting in the car to go to the hospital. When we got there, Dreamer's mother was already in the waiting room. Everyone cried. We had to wait and wait while the doctors worked on Dreamer. I never knew anything like this would happen. It was because of me that she got shot. She was only trying to take care of me.

Me sentía tan mal. Pensé que mi familia entera me odiaría. En la sala de espera, bajé la cabeza y rezaba para que Dreamer se salvara. Pero Tío Rogelio poniendo una mano sobre mi hombro, me dijo: "Esto no tiene que ser así, m'ijo. Sé que quieres ser un hombre, pero tienes que decidir qué clase de hombre quieres ser".

Parecía que esperaríamos para siempre, pero al fin el doctor salió para decirnos que Dreamer iba a vivir.

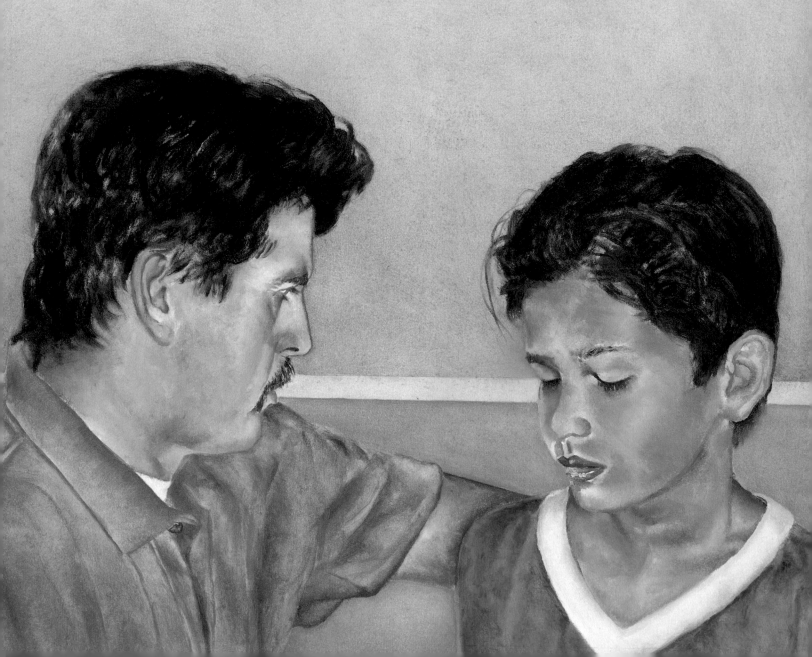

I felt so bad. I thought my whole family must hate me. In the waiting room, I hung my head and prayed that Dreamer would be okay. But Tío Rogelio put his arm around me. "It doesn't have to be this way, *m'ijo*," he said. "I know you want to be a man, but you have to decide what kind of man you want to be."

It seemed like we waited forever. Then the doctor came out and told us that Dreamer was going to live.

When Dreamer got out of the hospital, I took her for a walk, pushing her up the street in her wheelchair. We ran into Clever coming the other way. It was the first time I'd seen him since that night. He looked excited as he walked up to us.

"Hey, we got a plan! To pay back the Night Owls for what they did!" He turned to me, "It's tonight! You got to come!"

Dreamer looked up at me to see what I'd do. I thought for a long time. Tío Rogelio's words came into my head. Then I heard myself say, "It doesn't have to be this way."

Cuando Dreamer salió del hospital, la llevé a dar un paseo empujando su silla de ruedas por la calle. Nos encontramos con Clever que venía en el sentido opuesto. Era la primera vez que lo veía desde esa noche. Se notaba excitado al caminar hacia nosotros.

"¡Eh, oye! ¡Tenemos un plan para hacer pagar a los *Night Owls* por lo que hicieron!" Clever volteó a verme: "¡Es esta noche! ¡Tienes que venir!"

Dreamer me miró para ver lo que yo haría. Me quedé pensando por largo rato. Me acordé de las palabras de mi Tío Rogelio. Luego me oí decir: "Esto no tiene qué ser así".

28

I asked Tío Rogelio if he would teach me to fix cars. He showed me how to do a lot of things—to change spark plugs and do a tune-up. One day, as we worked, I told him the story about meeting Clever and how I decided not to join the Pee Wees.

"That was a brave thing," he said. "I have a lot of respect for you." Nobody ever said that to me before. It made me feel real good.

Then he said, "We can make good things happen, *m'ijo,* if we all work together."

I liked the sound of that.

Le pregunté a Tío Rogelio si me podía enseñar a reparar autos. Él me enseñó cómo hacer muchas cosas, a cambiar bujías y a hacer afinamientos. Un día, mientras trabajábamos, le conté sobre cuando nos encontramos con Clever y cómo decidí no unirme a los *Pee Wees.*

"Ésa fue una decisión valiente", me contestó. "Y te respeto mucho por eso", agregó. Nadie me había dicho algo así antes, lo cual me hizo sentirme bien de verdad.

En seguida agregó: "Nosotros podemos mejorar las cosas, m'ijo, si todos trabajamos juntos".

Me gustó como suena eso.

Luis J. Rodríguez is the critically acclaimed author of *Always Running: La Vida Loca, Gang Days in L.A.*, the inspiring story of how he found a way out of gang life in Los Angeles. Now a prominent poet, author, and educator, Rodríguez frequently travels throughout the country, educating the public about youth and violence, and counseling young people in gangs. He lives in Chicago with his wife, Trini Rodríguez, and their two young sons.

Daniel Galvez has been creating public murals since 1976. His photo-realist style and focus on the strength of the human spirit have earned him numerous awards and national recognition. His public commissions have included a mural on Chinese immigration to California; a memorial to Vietnam veterans; and a tribute to Malcolm X at the Audubon Ballroom in Harlem, New York. Galvez lives in Oakland, California, with his wife, librarian Joan Galvez.

For my youngest sons, Rubén Joaquín and Luis Jacinto, and for all children—that they may find their true path.

Special thanks to Rodolfo Chavez and my wife, Trini, who helped in preparing the Spanish manuscript; to the Lila Wallace–Reader's Digest Fund for a Writers' Award during the writing of this story; and to my agent, Susan Bergholz, for watching out for me. —LJR

The artist would like to thank 5th grade teacher Ms. Vicki Huynh at Peter Burnett School in Sacramento for introducing me to her class, where students were invited to participate in this project. Thanks to the following students who appear as characters in the book: Alex Surita, Edith Piña, Doris Perez, Stephanie Gonzalez, Fabian Padilla, and Danielle Galvez, my niece and scene coordinator.

Thanks as well to the following individuals who also appear as characters in the book: Michael Moreno, Juan Fuentes, René Yañez, Josephine Galvez, Lila Galvez, Dora Perez, Eddie Surita, Chris Moreno, and Jos Sances.
—DG

Editor: Cynthia Ehrlich
Staff Editors: Harriet Rohmer and David Schecter
Spanish Language Editor: Francisco X. Alarcón
Design and Production: Katherine Tillotson
Editorial Assistant: Carolyn Winter
Thanks to the staff of Children's Book Press.

Children's Book Press is a nonprofit publisher of multicultural literature for children, supported in part by grants from the California Arts Council. Write us for a complimentary catalog:
Children's Book Press, 246 First Street, Suite 101,
San Francisco, CA 94105 415.995.2200
cbookpress @ cbookpress.org

Distributed to the book trade by Publishers Group West
Distributed to schools and libraries by the publisher

Rodríguez, Luis J., 1954-
    It doesn't have to be this way: a barrio story / story by Luis Rodríguez; paintings by Daniel Galvez =No tiene que ser así: una historia del barrio / escrito por Luis Rodríguez; ilustrado [sic] por Daniel Galvez.
    p. cm.
    SUMMARY: Reluctantly a young boy becomes more and more involved in the activities of a local gang, until a tragic event involving his cousin forces him to make a choice about the course of his life.
    ISBN 0-89239-161-8
    [1.Gangs–Fiction. 2. Hispanic Americans–Fiction. 3. Spanish language materials–Bilingual.]
    I. Galvez, Daniel, ill. II. Title. III. Title: No tiene que ser así
PZ73.R62925   1999   98-56507
[Fic]—dc21   CIP
                                                  AC

Printed in Hong Kong by Marwin Productions.
10 9 8 7 6 5 4 3 2 1